O ANEL QUE TU ME DESTE

© Editora do Brasil S.A., 2014
Todos os direitos reservados
Texto © Neusa Sorrenti
Ilustrações © Maria Eugenia

Direção executiva Maria Lúcia Kerr Cavalcante Queiroz
Direção editorial Cibele Mendes Curto Santos
Gerência editorial Felipe Ramos Poletti
Supervisão de arte e editoração Adelaide Carolina Cerutti
Supervisão de controle de processos editoriais Marta Dias Portero
Supervisão de direitos autorais Marilisa Bertolone Mendes
Supervisão de revisão Dora Helena Feres

Edição Gilsandro Vieira Sales
Assistência editorial Flora Vaz Manzione
Auxílio editorial Paulo Fuzinelli
Coordenação de arte Maria Aparecida Alves
Design gráfico e produção de arte Raquel Matsushita
Diagramação Cecilia Cangello | Entrelinha Design
Coordenação de revisão Otacilio Palareti
Revisão Elaine Fares
Controle de processos editoriais Leila P. Jungstedt e Bruna Alves

Dados Internacionais de Catalogação na Publicação (CIP)
(Câmara Brasileira do Livro, SP, Brasil)

Sorrenti, Neusa
O anel que tu me deste / Neusa Sorrenti ; ilustrações
Maria Eugenia. — 1. ed. — São Paulo : Editora do Brasil, 2014.

ISBN 978-85-10-05488-1

1. Literatura juvenil I. Maria Eugenia. II. Título.

14-04883   CDD-028.5

Índices para catálogo sistemático:
1. Literatura juvenil 028.5

1ª edição / 4ª impressão, 2025
Impresso na Forma Certa Gráfica Digital.

Editora do Brasil

Avenida das Nações Unidas, 12901
Torre Oeste, 20º andar
São Paulo, SP – CEP: 04578-910
Fone: + 55 11 3226-0211
www.editoradobrasil.com.br

PARA A TIA LILA,
QUE SEMPRE GOSTOU DE OUVIR
SINGELAS OU ESTONTEANTES
HISTÓRIAS DE AMOR.

O ANEL QUE TU ME DESTE

NEUSA SORRENTI
MARIA EUGENIA ILUSTRAÇÕES

EditoraEditora
do Brasil

LELÉ, A MENINA LELÉ

O dia amanhece danado de bonito. A manhã borda com linha clara os contornos do dia e parece que tudo vai dar certo. O padeiro fez o pão, o jornaleiro abre a sua banca, as sombras descansam sob as árvores, e logo, logo todas as lojas do quarteirão vão mostrando a sua cara de vem que tem.

Na escola, a gritaria de sempre. Mochilas trombando em lancheiras, gente copiando o dever do colega com aquela letra de dar dó. Que a pressa é inimiga da perfeição. Mas perder ponto por uma bobagem dessa, ah, nem pensar.

Na ponta do pátio alguém grita:

– Gente, gente, faltam só dezoito dias. Não vejo a hora!

Só podia ser ela. Quando vai chegando o aniversário de Lelé, que na verdade tem um nome até bonito – Letícia –, a escola e a casa dela parecem desabar. A agenda dela é um ai-nos-acuda de tanto rabisco com a contagem regressiva. Os calendários todos da casa sentem na pele o passar das horas. Nem aqueles que trazem os números pequenininhos feito cagadinhos de mosquito são perdoados.

Lelé movimenta todo mundo por causa da festa que se aproxima. Começa a mandar recado, escreve bilhete, *e-mail*, carta perfumada para os xodozinhos... Felizmente ou infelizmente, na casa dela, as contas de telefone são mais vigiadas que vitrine de joalheria!

Cada ano ela apronta uma confusão diferente. Desenterra endereços de ex-professoras, vizinhas das tias, pais de padrinhos. Convida Deus e o mundo, só pra fazer número. Põe a mãe doidinha da silva que, logicamente, corta noventa por cento dos convidados à festança.

– Letícia, será que num campo de futebol caberiam seus convidados?

E quando a mãe fala LETÍCIA é porque a sua paciência está pra lá de Bagdá, isto é, a um passo do beliscão...

No ano passado, Lelé adotou um sistema diferente e deu um rolo daqueles. Para economizar papel, caneta e dedo no teclado, ela resolveu bater campainha em tudo que era casa. Ela mais a Alaíde e a Maria do Carmo, na maior algazarra, convidavam todos para o aniversário.

Até aí tudo bem. Muito espontâneo e divertido, se não fosse um pequeno detalhe: a Lelé não avisou nada em casa.

No dia marcado, na hora combinada, o povo foi chegando e enchendo a sala. E os comes e bebes apenas na imaginação...

Quando a mãe chega do trabalho, mais cansada que um pangaré estropiado, trazendo na mão uma sacola com a tal roupa que a filha queria porque queria, foi um baque total! Um desespero de dar gosto!...

O pai, que chegou logo depois, caiu na gargalhada. De nervoso. O bigode espetado como o de um porco-espinho, e ele gaguejando:

– É, pois é. Ago-gora o remé-di-di-o é remediar!

Cochichou com a mulher umas coisas lá na cozinha e saiu azulando pela porta dos fundos, com duas sacolas de feira. Saiu à procura de bombons, doces, pães, salsichas, refrigerantes, o diabo a quatro. Qualquer coisa aniversariável...

A essas alturas, enquanto o pessoal dançava um roquezinho beleza, a mãe *dançava* na cozinha com molhos e patês! Ufa!

Finalmente o pai chega com o arsenal de guloseimas e com o bigode já mais calmo, quase na sua forma original.

E por falar em original, foi a festa mais engraçada do bairro. Um desafio à capacidade criadora dos pais, que há muito não se exercitavam na difícil arte da improvisação. Ultimamente eles andavam muito metódicos, fazendo contas pra lá e pra cá, pisando miúdo num tal planejamento de gastos.

O *niver* ficou até bom: bala delícia em pratinhos de vidro, quadradinhos de doce de leite com ameixa, bombons variados em potinhos coloridos para dar aquele ar festivo, refrigerantes a rodo, canapés e patês – sem falar no cachorrinho-quente esperto que apareceu, como por encanto, no meio da ebulição.

ÚLTIMA VEZ, VIU?

À noite, depois que todos se foram, Lelé, morta de cansaço, ouviu o maior sermão de sua vida. Sentada, é claro, porque em pé cansava. O pai, com voz baixa e determinada, como ele aprendeu com os psicólogos de um programa de televisão, falava pelos cotovelos. Alegava desde a falta de organização, a irresponsabilidade, até a indelicadeza de não terem sido convidados. Logo eles, os pais, tão empenhados e comprometidos com o ajustamento e a felicidade dos filhos, parará, parará.

A mãe, calada e sonolenta, mais morta do que viva, concordava com tudo, fazendo movimentos de cabeça. Acho que foi por isso que no dia seguinte também se queixava de uma horrível dor no pescoço, tadinha.

O papo foi mesmo longo. Nem dá pra contar aqui. Só sei que foi uma história de mais ou menos umas duas horas. E, resumindo, terminava assim:

— Minha filha, que papelão. Custava avisar que convidou a metade da cidade? Última vez, viu? Que comportamento execrável (essa palavra ele aprendeu também naquele programa). Ano que vem não vai ter nem água. No máximo uma *pizza* só pra nós quatro, sem chamar nem padrinho nem avó, tá escutando? Agora, vai dormir... e feliz aniversário.

Os olhos de Lelé, tão claros de alegria, ficaram embaçados como ficam as vidraças nos dias de chuva. Piscar quase não resolvia. Mas depois, ao chegar ao seu quarto, recobraram o antigo brilho.

Eles pousaram nos presentes em cima da cama. Cada um embrulhado em papel colorido, laços desmanchados sobre a colcha nova. Um mundo de maravilhas.

Havia de tudo. Brincos, camisetas, chinelos, meias. Um trevo-de-quatro-folhas dentro de uma agenda com capa de vampiro. A maior emoção! Canetinhas de todos os tipos. Bombons, sabonetes, xampus, passadores de cabelo, CDs, perfumes, hidratantes...

E um anel de pedra verde, desse tamaninho, quase perdido entre os objetos maiores. "Quem teria tido a brilhante ideia?", pensava Lelé. Não havia cartão...

O anel piscava dentro da caixinha cor-de-rosa, querendo enfeitar a mão da menina. Lelé revirou a caixa, o embrulho, na esperança de achar o nome da pessoa que lhe deu aquela lindeza. Mas não havia a menor pista.

Tentou lembrar-se de todos os convidados e penetras. E nada. Quem sabe teria sido a Tia Lila, de quem ela havia herdado a tendência para os sonhos? Tia Lila gostava dessas coisas de romantismo: anel, pulseirinha, blusa de renda, paninho de ponto de cruz...

A mãe de Lelé vivia dizendo que ela devia viver muito bem no século dezenove, início do vinte, época de bondes, homens cavalheiros, suspiros poéticos e saudades... Não sei se falava por achar graça ou por inveja. Adulto tem hora que fala umas coisas, e o que é pior, faz umas caras, que a gente fica por entender...

Namorado, namorado, Lelé não tinha. Ela havia gostado de um artista de circo. Um garoto de olhos grandes e cabelo acastanhado, que fazia misérias no trapézio. Mas o circo já tinha ido embora há um tempão. Aliás, os artistas saíram meio corridos da cidade. Andaram dando uns calotes. Mas isso é outra história. O que interessa é que essa foi só uma paixonite boba de Lelé, chuvinha de verão, como dizia a Tia Lila, especialista na arte de remendar corações despedaçados.

Voltando ao caso do anel, Lelé achava que colega da escola não devia ser, porque na turma não havia, praticamente, ninguém interessante, e quando algum deles dava presente, ou era canetinha ou touca de banho. Ô falta de poesia!

COM O SONHO NA MÃO

"Meu Deus, meu Deus, quem adivinhou que eu queria um anel desses? Nem princesa de conto de fadas tem um tão chique assim!", pensava Lelé.

Ela colocou no dedo a preciosidade (que serviu como uma luva) e foi dormir, pensando nas palavras do pai, até meio arrependida da besteira que havia feito. Mas logo se distraiu com a beleza do anel. Sob a luz do abajur, ele parecia mais bonito ainda.

Sua roupa era bonita também. O vestido que a mãe deu combinava com o anel.

Mesmo com os cabelos um pouco desarrumados, ela era uma bela figura. Mas, de repente, o anel estava no meio da massa de bolo que Pele de Asno fez para o príncipe. Que adorou o bolo e quis casar-se com a dona do anel. Todas as moças lindas do reino vieram experimentar o anel cobiçado. Mas quem diz que ele cabia naqueles dedos grossos? Só faltava a coitada da Pele de Asno passar pela prova. Estendendo a sua mão fina, o anel entrou direitinho. Então a fada madrinha...

– ACORDA, Lelé! A escola! É de manhã que começa o dia – esbravejou a mãe, já quase recuperada do golpe-surpresa do dia anterior.

Dando um bocejo de Rei Leão e coçando os olhos, Lelé corre para o banheiro. Depois toma café às pressas. A casa na maior desordem. Papel e farelo de doce grudados em todo lugar. A irmã com cara de quem não ia mover uma palha para limpar, porque também não tinha sido convidada para a *festa do ano*... Que figura mais problemática, mais cheia de não-me-toques.

Lelé olha mais uma vez a sua mão de princesa. Num desses deslumbramentos vai o resto do café com leite na toalha da mesa.

– "Ser mãe é padecer no paraíso" – adianta Lelé. – Já sei, mãe. A professora falou essa frase, mas eu me esqueci de quem é.

E nesse dia Lelé foi para a escola na maior felicidade. Chegando lá, os comentários sobre a festa choviam. No entanto, ela só queria saber quem havia lhe dado aquele anel.

Começou a ficar cansada de tanto perguntar. Não prestou atenção nenhuma às aulas. Aliás, foi um dia inútil, tipo "perda total".

Chegando em casa, despistou e grudou no telefone, tentando descobrir quem seria o admirador misterioso. Ela já estava descartando todas as possibilidades de o anel ter sido dado por uma mulher.

A Tia Lila havia dado uma camiseta branca bordada com fita e renda, e a avó prometeu levar o presente no domingo seguinte. Todas as colegas escreveram cartão ou escreveram no próprio embrulho, pra adiantar o expediente. Descobrir o galante presenteador é o que se poderia chamar de missão impossível.

No dia seguinte ela continuaria as investigações, porque muitos meninos não estavam presentes no recreio. Eles resolveram ficar na quadra e emendar a aula de Educação Física com o recreio, por causa do treino para o futebol. Menino só pensa em campeonato, jogo disso ou daquilo, aquela gritaria... Por qualquer coisa engrossam a veia do pescoço. Tudo por causa de uma bola. Ficam parecendo uns galinhos garnisés, suados, fedorentos, vermelhos de tanto correr e xingar a mãe do juiz, o perna de pau do atacante, o frangueiro do goleiro.

Lelé não desistia assim tão facilmente. A curiosidade era seu forte. Ela sempre sabia dar um jeitinho para descobrir as coisas. Algumas colegas achavam que ela exagerava, mas bem que gostariam de ser assim também.

E foi pra lá de decidida que Lelé, mal raiou o dia, saiu a perguntar para o público masculino sobre o misterioso admirador do anel de pedra verde. Quem sabe um grande estudioso da saga de Fernão Dias Paes Leme, o *Caçador das Esmeraldas*. Essa palavra, *saga*, estava fresquinha no repertório de Lelé.

A RAINHA DO EGITO OU DO AGITO?

Ela foi perguntando e andando com aquele seu jeitinho de urubu malandro. O caladinho do Ceroula, seu colega de lado, nem se interessava em ajudá-la a descobrir. Ficava quieto num canto, olhando pra ela com aquele olhar de peixe morto. Coisa mais sem--sal. Que esquisitice. Mas ajudar que é bom, nada.

– Então, Ceroula, você não sabe de alguém que tenha comprado um anel pra me dar de presente? Foi o Guilherme?

Mas a professora fincava os olhos nos dois, exigindo silêncio. Ceroula desviou os olhos de Lelé e botou a cara na página do caderno. Não sei se estava estudando, porque a folha estava limpinha.

O Ceroula até que era mais ou menos bonito. Mas o Guilherme era dez vezes mais. Tinha mais presença. Ria alto, tamborilava na carteira, quando não sabia responder, falava o que queria. E, muitas vezes, ouvia o que não queria, mas ria também. Por essas e outras, era o representante da turma.

O Ceroula usava óculos, tinha cabelo louro, era bem magrinho. Gostava de morder a ponta do lápis, principalmente na aula de Geografia. Mania mais boba!

Seu apelido vinha desde o primeiro ano, quando a turma foi fazer uma excursão numa fazenda. Na hora de entrar na água pra pegar girino, todos com roupa de banho, o seu calção samba--canção fez o maior sucesso: cabia uns quatro meninos dentro. Uma ceroula tamanho família. No entanto, ele nem se perturbava com o apelido. Achava legal ser chamado assim. Era fechado e meio ausente, daqueles que não fedem nem cheiram, sabe?

Estava na hora do recreio. A hora ideal para Lelé. As colegas disseram:

— Lelé, vamos brincar de passar anel?

— Com meu anel novo, nem pensar. Nem que a vaca tussa! Só se a gente usar uma bolinha de papel ou coisa parecida.

— Mas, Lelé, passar anel com anel de verdade é que é emocionante, fica legal, coisa e tal!

— Quem faz rima sem querer é bobo sem saber, sabia? — retruca Lelé.

— Credo, menina, como você tá metida! Parecendo a Rainha do Egito.

— Pois é. Vamos fazer de conta que eu sou essa talzinha aí do Egito. Respeito é bom e eu gosto. Eu empresto o anel, mas cuidado!

A brincadeira corria animada. Vinham meninas de outra sala sapear a farra, loucas para participar também. De repente, o anel cai nas mãos de Lelé. Ela sente algo estranho e dá o grito:

– CADÊ A PEDRA VERDE, que pode ser até esmeralda verdadeira? Soltou? Quebrou? Minha Santa! Eu quero o meu anel perfeitinho de volta! Pelo-amor-de-deus, me ajudem!

Foi um alvoroço. Procura daqui, procura ali, revira a dobra do uniforme, vasculha o chão, senta, levanta. Lelé aprontou o maior berreiro, só interrompido pelo sinal que anunciava o fim da brincadeira.

Não era só o recreio que acabava. Um sonho cheio de fadas, princesas e príncipes terminava também. O anel entortado e sem a pedra foi guardado no estojo, assim com o resto das lágrimas que não puderam mais cair.

Aliás, chorar demais faz a gente encher a cara de rugas, consolava a Tia Lila, toda vez que o berreiro ameaçava se prolongar e virar um dilúvio, feito aquele enfrentado pela arca de Noé.

Mas nada fazia a menina se conformar. Sonho desfeito é muito ruim. É como um passarinho morto ainda reluzindo as penas, mas com o bico embaçado de dor. O conserto do anel ia ficar tão caro! Quase preço de um novo. O pai já balançava a cabeça no melhor estilo "nem pensar". Melhor deixar pra lá.

SUBINDO OS DEGRAUS

O tempo foi passando e o fim do ano chegou. Logo começaram as férias. Crianças correndo alegres como passarinhos nas mudanças de estação. Praças cheias, pipoqueiros faturando, essas coisas.

No ano seguinte, tudo novo. Uniforme, livros, lápis, canetas. Professores também. Começar caderno novo era uma das coisas de que Lelé mais gostava. Usar estojo novo também. Entretanto, toda vez que ela via o anel quebrado no velho estojo, debaixo daquela plaquinha que ela fez – AQUI JAZ –, sentia uma pontadinha no coração, mas procurava esquecer, porque *Inês é morta*, dizia a mãe.

Lelé não entendia direito e ficava pensando que Inês era aquela. Não conhecia vizinha nem parente com esse nome. Quem sabe alguma artista de novela ou de cinema que até já morreu... O jeito era se conformar. Chorar o leite derramado não dava o menor pé.

A sua turma era quase a mesma. Que felicidade encontrar os colegas juntos, novamente, desde o primeiro ano. A professora de Geografia era nova na escola. Chamava-se Vivi. Meio esticada, cara fechada, parece que chupou limão. A turma pensava que ela se chamava Virgínia, mas era Advíncula.

Lelé procurou não dar atenção para o detalhe do nome exótico, porque as aparências enganam. Estava pegando o jeito da mãe, fanática por ditados e expressões populares.

Os professores das outras matérias já eram seus conhecidos, porque deram aulas pra sua irmã. Só estranhou a de História, que apareceu com um visual diferente: cortou o cabelo e pintou de ruivo, e ficou bom demais. A turma achava muito chique ter um monte de professores, cada hora entrando um.

– Mas, gente, e o Ceroula? Matando aula na primeira semana! – pergunta Lelé.

– Não, menina, ele não volta mais.

– Por quê?

– O pai dele arranjou um trabalho melhor na cidade vizinha, e ele pediu transferência.

Lelé sentiu que a carteira onde ele se sentava foi ficando pequena, foi rodando como uma borracha, quicando no chão até cair.

Depois disso, ela foi ficando meio sem graça, sentindo falta do menino ou do seu olhar de aprovação. Ele sempre ria das trapalhadas dela, quando acontecia de ele abrir a boca... ou dizer:

– Apelido mais legal esse. A Lelé é mesmo lelé, dizia ele baixinho, quase para si mesmo.

A sala de aula agora era menor. Ficava no terceiro andar. Tinha que subir um monte de degraus. A turma chegava à sala botando o coração pela boca. Sem contar o peso da mochila, cada dia mais pesada...

– Qualquer hora vou contar com quantos degraus se faz uma superginástica e conferir meus quilinhos na balança – resmungava Lelé em plena fila. – Se eu emagrecer, vou vender a minha ideia. Meu método vai ser o maior sucesso, vou produzir um vídeo. Sou genial nesses troços de modernidade.

– Psiu – ordenou Vivi. – Já falei mil vezes para subirem em silêncio.

É isso mesmo. Manda quem pode, obedece quem tem juízo. Lelé achou melhor calar a boca e deixar os seus planos para uma hora mais adequada. Foi subindo e pensando também no tanto de gente autoritária que impede ou atrasa o progresso das ciências. Ou será que ela andava lendo e misturando demais as marchas?

CONFORME O FIGURINO

A professora nova, a Vivi, se esforçava para conquistar a turma, mas aquelas roupas escuras, o sorriso duro e o pigarro não estavam combinando com o clima de leveza que havia nas outras aulas, principalmente na de Matemática, em que a Maria Geralda transformava o bicho-papão dos cálculos em adoráveis monstrinhos. A Nívia (com i mesmo), de Português e Literatura, continuava falando alto e pronunciando bem os efes e erres. Até Ciências, com o Camilo, havia ficado melhor. Aprender sem medo é que é bom.

Lelé já não bagunçava tanto. Seria medo da Vivi ou será que sentia falta do Ceroula? Que foi embora sem ao menos se despedir...

– Que bobagem! Aquela mosca-morta. Olho de chocar jacaré! Quatro-olho – pensava alto Lelé.

– Quatro-olhos – consertava a Maria do Carmo. – Concordância nominal, minha filha. Que saudade você deve ter do primeiro ano, quando tudo era mais fácil, aquela maré mansa.

Nessa hora, Lelé, morrendo de raiva, punha a língua pra fora, assim ó, e ficava durinha na carteira, olhando para o quadro. Havia colegas que andavam tão mudadas. Será que o tempo faz isso com todo mundo?

A Tia Lila, por exemplo, não muda. Entra ano e sai ano tá do mesmo jeito, amando história de namorado, querendo saber quem ficou de mão dada, se beijou, se não beijou, mas foi quase...

A irmã de Lelé também não tinha mudado nada. Sempre foi implicante e dona da verdade, e continuava sendo. E a Maria do Carmo... agora com aquela antipatia de chamá-la de *minha filha*.

Lelé viajava muito na companhia desses pensamentos. Ultimamente ela não desgrudava da Neném, uma colega novata, lourinha, de olhos claros, meio sapeca e de ótimo humor, e que só ficava uma onça quando a chamavam pelo nome: Heleni Aparecida. A gargalhada das duas mais parecia um bando de maritacas ecoando pelos corredores. No banheiro, então... Todo mundo sabia quando estavam lá... maritacando.

O tempo se arrastou, até que Lelé percebeu que estava chegando o seu aniversário. Então gritou lá do pátio:

– Gente, gente, faltam só quinze dias. Não vejo a hora!

Como sempre, fez o maior carnaval. Mas desta vez conversou direitinho em casa, preencheu os convites que o pai comprou, mandou alguns por *e-mail*. Fez tudo conforme o figurino.

– Deve ser a idade. O juízo chegando. Já não era sem tempo – comentava a azeda da irmã mais velha, um poço de mau humor, principalmente depois que levou cartão vermelho do namorado cara de paliteiro. Ficou uma coisa!

Mas ligar pra isso é bobagem. Nada devia ofuscar o brilho da sua festa. Aquela besteira de convidar todo mundo era coisa de criança. Ia passar na peneira a lista de convidados e chamar só umas cinquenta ou sessenta pessoas e mais os parentes mais chegados, ou seja, todos, pra não dar ciumeira.

BERNARDO, QUEM DIRIA...

O bendito dia do aniversário chegou. Lelé, de vestido novo, modelito básico pra estação, recebe os convidados. O sapato apertava um pouco, mas valia o sacrifício. Pensou em colocar tênis, mas não combinava de jeito e maneira. Onde já se viu vestido de crepe *bege, um espetáculo*, e tênis ralado no bico?

A professora Vivi chega de saião florido, blusa clara, com um presente na mão. Vendo a turma animada, experimenta soltar o sorriso da gaiola, e foi a maior maravilha. Como ficou bonita com o novo rosto. Ruguinha no canto dos olhos, marcando a alegria. Estava quase uma fada. Mas não vamos exagerar, que ela acaba virando modelo internacional.

– Valeu, Vivi. Você valorizou o seu visual. Viva! – brincou o Guilherme, bonito e atacado como sempre, e metido a poeta.

Dos outros professores nem precisa falar. Davam gargalhadas por qualquer motivo. O riso já vivia solto mesmo. Imagine se ganhassem bem...

De repente, a campainha toca. A curiosa da Lelé larga tudo e vai atender. Quem seria àquela hora? A turma toda já havia chegado. Ela não acredita no que vê. Um louro bonito, olhos de oceano...

– Vim visitar os meus primos e me lembrei do seu aniversário.

– Mas você não é o... o... Ceroula?

– Claro. Engordei um pouco, uso lentes, fui promovido a Bernardo. Lá eles não sabem da história da excursão à fazenda. Mas continuo o mesmo. Estava com saudades, e doido para saber notícias da turma... e suas também.

– Você quer as notícias da turma ou as minhas primeiro?

– As suas – falou baixinho, como antigamente.

– Mas as minhas estão tão emboladas que prefiro dar um tempo. Vamos tomar um refrigerante, enquanto tento pegar o fio da meada. No embananamento de ideias eu não melhorei nada. Acho até que aperfeiçoei a técnica.

– Então vou entregar o meu presente – disse, colocando a mão no bolso, todo desajeitado. É muito simples. Eu trouxe esse pra você, porque o que eu te dei no ano passado não valeu, não foi? O anelzinho era tão fraco que não aguentou o tranco. Espero que goste. Parabéns – disse, vencendo a danada da timidez.

O pensamento de Lelé, ao ver o presente, deu um pinote. Caiu bem no recreio daquele dia em que brincavam de passar anel. Viu seu olhar marejado, quase um riacho, perguntando ao seu coração o porquê daquele acabou-se-o-que-era-doce. Viu também o anel agonizante no estojo, desmaiado para sempre. Ou dormindo cem anos, como naquela antiga história. Até que uma voz, convidando-a pra dançar, veio despertá-la.

E na sala dançavam a princesa Letícia e o príncipe Bernardo (um pouco ressabiado, é verdade), mas a princesa era um riso só. O sapato novo nem apertava mais.

O vento da noite soprava a cortina esvoaçante da janela com muito jeito, sem fazer aquela bagunça costumeira. Aprendeu com a brisa a ser elegante, como convém nas grandes ocasiões. Já pensou se quebrasse o vaso com flores do aparador e que custou uma nota preta?

Aproveitando a música, o frajola do vento dançava, bordando monogramas no ar: **L** e **B**. Enquanto isso, assobiava baixinho segredos desabrochados:

O anel que tu me deste
era vidro e se quebrou.
O amor que tu me tinhas
parece que engrenou...

NEUSA SORRENTI

Nasci em Itaguara, Minas Gerais. Passei a infância brincando e, como neta de italianos, comendo muita massa. Sempre gostei de ler histórias, identificando-me com as personagens, seus dramas e sonhos. Escrevia textos em pedaços de papel e até em paredes, o que me valeu broncas memoráveis!

Graduei-me em Letras e em Ciência da Informação e trabalhei por muitos anos como professora e bibliotecária. Fiz mestrado em Literaturas de Língua Portuguesa e lecionei em cursos de graduação e pós-graduação. Hoje atuo em palestras e oficinas de Leitura e Literatura Infantil e Juvenil.

Para escrever este livro, misturei muitas histórias reais e recolhi casos interessantes de escolas pelas quais passei. Ceroula foi um colega de minha filha. O episódio de convidar pessoas para uma festa que não havia aconteceu comigo. Meu pai ficou atordoado e arrumou tudo de última hora para despistar a minha "maluquicidade" (maluquice com ingenuidade). Escolhi o nome Letícia porque significa "alegria", e eu queria um nome assim para compor uma personagem brejeira e feliz.

Tenho 42 títulos publicados, dentre eles *Lua cheia de poesia*, da Editora do Brasil. Espero que os leitores percebam o cheirinho doce de infância que deixo nos meus textos, e que ele possa perfumar o coração de todos.

MARIA EUGENIA

Nasci em São Paulo, capital. Me formei em Direito, mas achava que eu seria uma péssima advogada, então, como sempre adorei desenhar, aos poucos fui fazendo um trabalhinho aqui e acolá e esta acabou virando minha profissão. E isso é ótimo, porque dá para trabalhar e se divertir ao mesmo tempo.

Adoro ler e ouvir histórias divertidas, como a da Lelé e sua festa de aniversário. Também adoro ir ao cinema, ver seriados na TV e ouvir e fazer música. Para mim, a inspiração acontece através dessas vivências.

Já ilustrei vários livros para crianças e adultos, e alguns ganharam prêmios importantes, como o Bologna Ragazzi Award (2001), o White Ravens (2004) e o Jabuti (2002), pelo livro *Bichos que existem e bichos que não existem*. Participei de exposições e anuários da Society of Illustrators de Nova York e da Mostra dos Ilustradores de Bolonha.

Espero que minhas ilustrações para este livro tornem a história da Lelé ainda mais colorida e deixem você com muita vontade de desenhar!

O livro *O anel que tu me deste* foi composto no estúdio Entrelinha Design com tipografias Bembo e Fink, e impresso em papel offset.